그 맛 쓰다 해도
그리움을 베어 물었다

그 맛 쓰다 해도 그리움을 베어 물었다

북산 시인선 005

지경숙 시집

북산

시인의 말

삶 속에
담아냈던 모든 것들이
지나고 보니 온통 그리움이다
그 아련함은 글로 표현하면서
옅어지기도 하고 더 견고해지기도 한다

그리움,
그 맛 쓰다 해도
한 입 크게 베어 물었다

2022년 여름
지경숙

차례

그 맛 쓰다 해도 그리움을 베어 물었다

그때는 몰랐네

볼그레한 봉숭아꽃
잎사귀 사이 수줍게 숨어 피고
멋진 나비
주변 넓게 팽이 돌던 시절

부끄러운 마음은
총총걸음을 못 따라잡고
자꾸만 뒤처져
콩닥거렸지

온 동네 소문 안고 도착한
하얀 편지 봉투
큰 오라버니 손에서 화를 부르고
봉숭아 꽃잎은 툭툭 떨어지고 말았지

이름도 얼굴도 가물대는
그 사람이 문득 그리운 것은
넉살 늘어가는 나이
순수함 간직하고 싶어서일 게야.

시들다

꽃이 시든다
세월이 말라간다
詩가 졸고 있다
밤새 설치던 모기란 놈
빨대 꽂아 맑은 피 말려 버린 게야

태양에 안겨버린 갈증
해뜰참 꽃잎 위 빛나던 보석마저
해거름녘 일수 걷어 산을 넘는다

투명하게 빛나고 싶었다
원석을 갈자
별이 되지 않아도
에메랄드도 호박도 좋아라

졸고 있는 시를 깨운다.

메아리

어두움은 해를 삼키고
별을 토해냈다

너와 나 사이 시공간을
삼켜버린 이별
긴 그리움을 토해냈다

하얀 밤 선명해지는
너의 모습
진한 커피 향에 묻어
휘휘 저어 보지만

메아리로
온통 내 세계에 스민다.

호들갑

포르륵 날아들어
윗집 아랫집
수다 모으는 감초들
오고 가는 소문
죄다 물어 집 짓는

어둑해지면 뉘 집
사랑방에
숨어드는지
도통 알 수도 없는

비 오는 날엔 노름판
거하게 벌이는가 봐
지난밤 소식 깜깜한 걸 보면

방앗간 그냥 지나칠 수 없어
녹슨 물레방아 깔고 앉아
소싯적 이야기
쪼아대고 있는지도
그럴지도.

비 오는 날

양철지붕 위
북 치는 소리 울리면
빠끔히 작은 창에
매달린 육 남매
어머니 애호박 부침개
익어가길 기다린다

달리던 시간 잡아
자동차에 가두고
작은 지붕 북소리 멈추도록
기다리는 애호박 부침개

어머니 손길 그리다
열매 없는 꽃만 피운다.

요강을 사야겠다

헤어 나올 수 없는 늪
깊이를 알 수 없는 곤잠

요강 두드리는 영롱한 소리
어리바리하던 순간에도
목적지를 향해 직진하게 하던
마음 담은 엄마 소리

빵빵하게 긴장된 배를 비우곤
졸음에 발목 잡혀 돌아오지 못한 채
요강 안고 잠들던 어린 시절

그리움
깊이를 알 수 없는 수렁
그분의 손끝인 양
두드리는 요강 소리
곤잠 재워줄 어머니 소리.

낚시

바다를 낚는다
한날 새우가

고무신 안에 민물 새뱅이가

깊이 팠다
바다에 이르도록

허리가 휘었다

신발 안에 행복

돌아갈 한 평 땅이면
충분할 것을.

너를 보내고 나면

내일이면 오늘을
후회하게 될 거야

보고 있어도
아려오는 아픔

두고 간 흔적들로
가슴 시리겠지

해맑은 웃음으로
이별을 고하지만

세월 감에 더욱
선명해질 통증

뻔한 답 앞에
문제를 풀어 나가야 함이 버겁다.

자식

눈에 넣어도
아프지 않을 것 같던
너를 보낸다

제 눈에 제 자식 넣고 빙그레 웃는다

핏기 없는 달을 보듯 마음 그렇다

빛바래도록 욕심냈나 보다

보내야 할 때를 놓아 버린
어리석음이 아플 뿐.

카페

나와 상관없는 웃음소리
취향 다른 음악
함께 엉켜 흐르는 찻집

무심히 던진 눈길
찻잔에 빠진 무거운 감정이
섞여 웃어 댄다

시간을 닦아낸 자리
또 다른 이야기 자리한다

비워지는 찻잔 안에
그대 그리움 담아 본다.

사랑사랑 내 사랑

가장 사랑하는 것보다
더 사랑하는
당신 안에서 자유롭고 싶습니다
문빗장을 엽니다
당신 내 안에 들어오세요
꾀꼬리 사랑 노래 드리오니
화답하여 주소서
당신을 아는 만큼
당신을 누릴 수 있음에
온통 당신으로 채우렵니다
우리 사랑 문실문실 꽃피우기를.

질경이

헐렁한 몸빼 바지 입고
길가에 앉은
한없는 기다림

스치는 세월에 구겨지고
찢기고 낡아가는 이파리
온갖 고난 끌어안은
어머니 마음인가

엎드려 눈길 주는 이
향기 거두는 이 없건만
그러할지라도
사랑만 품었기에
약이 되고 밥이 되었구나.

코스모스

사붓사붓 나와
사방을 둘러봐도
아직은 한여름 밤
흐느적대는 거리

문틈 사이 기웃대다
갑작스러운 소낙비
마음 다치곤
새초롬 씨앗 속이 그립다

되돌아가기엔 너무 먼 길
우두커니 가을 오기를
흐놀다
곱게 늙어간다.

아이

휭휭 지나는 바람에
훌렁대는 늘어진 천막
강한 바람에도 끄떡없던 때가 있었지요
녹슨 무릎은 울고
굽은 등
지나온 삶의 흔적
남은 거라곤 볼륨 조절 안 되는
스피커 목소리뿐

민망함에 뼈 없는 팔이
당신을 도우려
헛손질하면
지푸라기 같은 손을 잡고
허공을 펄럭대는 당신은
흔들리는 연
행복한 늙은 아이.

거푸수수한 마음

엊저녁 밥숟가락
쌀 한 포대 무게였지

무작정 길도 아닌 곳에
마음 덜어내 본다

덕지덕지 붙어 있는 번뇌
머리로 쏠려
물구나무로 걷는다

거푸수수한 마음
결 따라 참 빗질 곱게 해 본다
엉킨 곳마다 아우성이다
향 좋은 웃음으로 씻어내 봐야겠다.

허세

한껏 부풀린 풍선
장대 위에 앉아
호탕한 웃음 던진다

아무도 주워 가지 않은 웃음
낯부끄러워
빨랫줄에 나란히 엎드린다
마르지 않는 눅눅함

발에 치이는 허탈함
끝없는 곳으로 추락하다
말만 가득 헛배 부른 허세
굶주림에 쓰러져간다.

매미

소음이 되어버린 요란함
느티나무 아래 자장가였던
그날에 머문다

가마솥에 왕겨 불
기술 좋게 풍구 돌려
만들어 내시던 어머니 손맛
구수한 누룽지가 먹고프다
이 더운 날씨에

달밤
멍석에 누어 먹던 옥수수
별 하나에 옥수수 한 알
무수히 많은 별 사이
은하수 만나면
한입에 베어 물던
옥수깽이
돌아오지 않는 멍석의 맛

너의 애달픈 연주
긴 여운 남기며 막을 내릴 때
아련한 추억도 문지방 넘어
다른 계절로 이사를 한다지.

삼천리호 신사용 자전거

말쑥한 양복에 가늘고 화려한 넥타이를 매고 나가시는 아버지의 외출은 어머니의 근심이었다.
"매형은 시대를 잘못 타고나셔서 빛을 못 보고 사신다!"고 말씀하시던 외삼촌의 말씀엔 굵지 않은 뼈가 살짝 들어 있었다.
60년대 아버지의 애마, 삼천리호 자전거는 온 동네 부러움이었다.
아버지 별명은 '키다리 아저씨' 영화 '로마의 휴일'에 나오던 그레고리 펙을 닮으셨다.
한 사람만을 위해 만들어진 자전거.
뒷좌석은 좁고 불편했지만 아버지는 그 자리에 육 남매 중 다섯째인 나를 태워 다니시곤 하셨다.
나는 어머니의 안심이기도 했다.
1년에 한 번씩 새 애마로 바꾸어 타시며 멋을 추구하시던 아버지가 팔순을 맞던 날
"아들아! 이 좋은 세상 아버지 더 살아도 되겠나?"

당당함이 매력이시던 아버지는 아직도 삼천리호 자전거를 타실만큼 힘이 있으셨다.
그렇게 멋지던 아버지가 팔십육 세 가을이 시작될 즈음 삼천리호 자전거를 타시고 아주 먼 곳으로 여행을 떠나

셨다.
나는 지금도 아버지와 함께 삼천리호 자전거를 타고 그 날을 달린다.

올무

생명 달고 웅크린 채
좁은 궁에서 열 달

배회하던 그리움에
발목 잡혀
알량한 사랑의 틀에
나를 맞추어 보지만

끊어낼 수 없는 탯줄
돌아갈 수 없는 아련함
인생이라는 올무에
삶이라는 이유로
웅크리고 들어앉는다

진정한 자유
육체를 벗는 날
내 영혼 그 궁에서
쉼 하리라.

담쟁이덩굴

청라(靑蘿)

여린 봄으로 태어나
멈추지 않는 여름 노래
그 화려함의 절정, 가을.

담쟁이덩굴의 아름다움은 비교할 수 없는 가을이다. 고속도로의 삭막함이 담쟁이로 인해 정겹다. 유럽의 전통을 자랑하는 건물에 흔히 볼 수 있는 담쟁이는 역사를 입은 채 담장을 안고 있다. 해마다 가을이 되면 때늦은 후회를 한다. 내년 봄엔 꼭 울타리에 담쟁이를 올리리라. 봄이 되면 또 온갖 생동하는 것들에 마음 빼앗겨 특별해 보이지 않는 담쟁이를 잊고 산다. 한여름의 청라(靑蘿)●는 뜨거움을 이고 굽힘 없이 뻗어 나가는 자기들만의 영역 때문에 가까이하기에 엄두도 낼 수 없다. 그렇게 가을. 나는 홀딱 반한다. 그 담쟁이덩굴의 풍만한 가슴에.

● 청라(靑蘿): 푸른 담쟁이덩굴.

점심

빨간 바닷속
뜨거운 열정을 말아먹는다
후끈 달아오르는
매콤함이 주는 시원함
여름 정오는 붉게 타오르고
열은 열로서 다스리라 했던가
뚜껑 열리게 매운맛
기적 소리 울리며
여름 길을 돌아 나간다
속과 겉이 달궈진
여름 한낮, 짬뽕의 맛.

굴레

심장 한가운데
못이 되어 살고 있는
너를 꺼내 들었다

선홍빛 뜨거운 너는
이미 내 심장의
일부가 되어 있었다

내가 네게서
벗어날 수 없는
애증의 굴레.

고무나무

무뎌진 계절
꽃을 포기한

흐르는 시간을 잡고 있는
너에게 새로운 잎을 품어라
묻지도 않고
묵은 잎을 똑똑 따 주었지

주르륵 흐르는
너무 맑아 하얗게 빨간 피
구메구메●
꿈을 먹고 있었구나.

● 구메구메: 남모르게 틈틈이.

보리굴비

다소곳 곱은 단장하고
깊은 구덩에 몸을 묻었다
그리움도 함께 누웠다
인고의 백날 접고 접어
속적삼 깊이 넣어 두고
사랑이라 되뇌며
가지런히 비늘을 쓸어내린다
성숙하게 숙성된 그날에
님 상에 눕혀지면
앙상한 뼈로 남아
당신 안에 살이 되리라고.

야한 밤

눈꺼풀 내려 덮고 밤 정상에 누웠다
어둠 속 끄트머리 대롱거리는 영상
꺼질 듯 다시 선명해지고
달은 호수를 삼켜 버렸다

쉴만한 물가 사라지고
하얀 밤
계수나무 멀뚱히 바라보다
까만 아침을 맞는다

해뜰참
가슴 깊이
숨어드는 달
내 어이 품으리오.

미루나무

가을과 겨울 사이
벌거벗은 미루나무
기댈 곳 없는 까치가 가엾다

열두 살 꼬마는
자신도 알 수 없는 슬픔을
꼬깃꼬깃
가슴 바닥까지 밀어 넣고

울고 웃던 들판
모두 사라진 자리
덩그런 외로움만
서릿발에 동동댄다

싱겁게 키만 큰 미루나무
그 높이만큼 힘겨울 엄마

아기 까치들은
등허리에 찬바람 도는
어미의 고통을 알기나 하는지

알 수 없는 옹알이만 들판 가득 펄럭댄다.

백일홍

긴 날의 목마름
한낮의 소나기는
타들어가는 갈증
가슴앓이 통증일 뿐

쉼이 있는 어두움
촉촉이 적셔줄
이슬방울 은총
품기 원하는 백일의 날

또다시 붉게 피어날
그날 위해
시들어지고 묻힌다 해도
씨앗 품는 미련(未練).

가을

가을 들녘을 기다리며
하얀 날들을 보냅니다
텅 빈 들판에 서면
벌거숭이 나의 모습을
볼 수 있기 때문입니다

거기엔 고독도 있고
아픔도 있고
허무히 지나간 날들이
아스라이 춤추고 있기 때문입니다

봄은 가고
영글던 여름도 가고
이제 흩날리는 낙엽과 함께
비워져 가는
내 모습을 봅니다

보낼 수밖에 없는 가을을
이토록 기다리는 나는
가을입니다.

그때는 그랬지

부끄럼 속으로
사랑이 숨고
볼그레 흐르던 홍조
꽃봉오리에 숨어
미처 피우지 못했어

마주할 수 없는 사랑
낮엔 그림자 따라나서고
밤은 달빛이 부끄러웠지
만날 수 없어 더 애달픈

그때는 그랬지

노을은 붉게 물들고
그리움은 더욱 명명(明明)하다.

칡꽃

질기고 거친 운명
발밑에 치여 자존감마저 상실한
덧없는 세월 속
오고 가는
거리의 무법자

마음 안에 꽃을 품었다
사랑을 품었다
고귀한 아름다움
범접할 수 없는 매력
미혹되지 않는 향기

아무도 모르는
깊은 뿌리의 은밀함
비로소 인정되는 존재의 가치.

그리움

그리움을 베어 물었다
아직 그 맛이다
아리고 떫고 시큼 텁텁한

안고 가기엔 힘겨워
등짐 지고 남은 길을 간다
가다가 힘겨우면 미련 없이
묻어 두리라

혹여 그 길 돌아볼 때
움트는 싹 보거든
그 맛 쓰다 해도
다시 거두어 간직하리라.

가을 민들레

가녀리게 피어
기다림에 늙어 가고

그리움에 텅텅 빈
삭아질 가슴

뼈만 앙상하다

봄이 아니어도
피어야 할 이유 있음에

너의 아픔 보듬어줄
님에게만 피거라.

그 남자. 녹수

안개 자욱한 마음 안고
산에 오른다
두고 갔던 마음들
섞이지 않고

굳어진 아픔
토해 낼 수 없어
고달픔에 내어준다
가고 가도 이곳은
그곳이 아니다

침체된 앙금 들킬까
다가가지 못하는 몸짓
너는 아는지

배낭 가득 짊어진 고행(苦行)
목적 없는 길로 들어서고
향기 들어낼 수 없는
퍼석한 가을을 걸어 나간다.

천리 향

먼 산 바람꽃● 일적에
천리 길 보내려 하니
밤새 사각대는 아쉬움
꽃잎에 이슬 떨군다

돌풍아 불어다오
활화산아 속내를 보이거라
내 님 있는 그곳 나도 가려니
내 손 잡아 데려다주오

어찌 잔바람 끝
향기만 보내
내 님 마음 어지럽힐까
고주박잠● 자더라도
님 품에 잠들었으면.

●바람꽃: 먼 산 큰바람 일려할 때 구름같이 끼는 뽀얀 기운.
●고주박잠: 등을 구부리고 앉아서 자는 잠.

말 말 말

시간은 우두커니 서 있고
머릿속 잡념은 영역을 넓혀간다
사람들 각자 자기 답을 풀어놓는다
분별이 휘청댄다
귓전에 윙윙대는 말에 쏘일까
소리를 닫는다
어느 것은 벌써 마음에 담겨
내 소리가 되었다

시간을 흔든다
차라리 빨리 걷자.

가을 어디쯤

초침 소리
온 집안 정신 사납게
돌아다니고
습기 먹은 구름
바닥에 기어 다닐 때
짙은 어두움 나를 가둔다

간지럽히는 너의
손길로부터 오던 가을

너는 겨울을 안아야 했고
나는 가을을 떠나야 했기에
소스라치게 놀라
그날들을 지운다

행여 지워지지 않은
밑그림 위에
덧칠해질까 하여
마르지 않은 추억
가을 어디쯤 버리려 한다.

죽어야 산다

살기 위해
죽는다

밤을 죽이기 위해 약을 털고
낮을 죽이기 위해 암막 커튼 내린다
희미한 빛 사이 아직 살아 있는 나
밖이 아니었다

내 안에 나를
죽여야 하는 일이다

내가 할 수 있는 일이 아니었다.

다락방

끝나지 않는
거미와의 영토 싸움

사방 둘러 울타리 친 책
갈피 속 수없는 이야기
가고 오는 그날과 이날들
하얀 시간
발목 잡히는 새벽
성급한 햇귀 마실 온다

딱 하늘창만큼만 허락된 하늘
햇발은 다락방에 기어들어
숨을 곳을 찾는다.

웅이

너는 상큼한 오이냉국
너의 키 높이 맞추려
내 마음 괜스레 서성댄다

니가 술병 세는 날
내 마음 부추 꽃 피고
수다 삼매경 빠지는 동안
개숫물 정제수 된다

산을 품고 계곡 오르는
너의 고독
술로 헹구어 꼬장으로 풀어내거라

어슴푸레한 거리 방황하며
찾으려는 그것
무심히 집어넣고 빼는
주머니 안에 있다는 것을
너만 모른다.

그 여자. 경미

햇살 등진 불빛 아래
화려한 샹들리에 춤
감정 나누지 않는 무심한 여자

휘황한 불빛 아래 청춘은 간데없고
익어가는 세월 잡는 허탄한 여자
바람 따라 돌고 싶은
뿌리 깊은 나무

자유 깔고 앉아 자유롭지 않은
날마다 빛을 먹고
황금 거위 알 낳는 그 여자.

그 여자. 향기

꽃들과 함께 수다스러운 날
온갖 향기 품고 나비 되어 춤춘다
상큼. 꽃술에 입 맞추고
슬픔. 옅은 안개에 흩뿌린다
요리마다 향기 입혀
사랑 온도에 튀김 한다
숙성된 사랑
댓글마다 나눔 하고
밴드 상에 가득 차려
날마다 명절인 양 잔치한다.

쇠 만지는 이

부드러운 손길
어머니 마음 실어
어루만지는 강철
새 생명 잉태되고

엉킨 하루
색소폰에 띄우면
숲을 지나
가슴마다 메아리 된다

마음 가다듬고
붓 들어
묵향 가득
님들의 삶을 써 내려간다.

바람

바람이고 싶다
네 곁에 슬며시 머물다
소리 없이 떠나더라도
그리움 남기지 않을

부산스레 부는 바람
흔들거림에 들키고
파사삭 마른 낙엽
흩는 소리에 들킨다

사부작거림 없는
바람이면 좋겠다
꽃잎에 살랑 입 맞추고
어디든 오고 가는

곁을 주지 않는
너의 품에 파고들어
안기고 쓰담고
머물다 가는 바람

그런 바람이고 싶다.

그 여자. 희

그리움 씨앗 품어
헝클어진 수세미 열리고

마디마디 가시 돋아
마음 머물 곳 없네

지나간 날들
곱씹어 사느라
더듬이 고장 난 여치

홀로 지고 가는 짐
무게에 눌려
찌그러진 심장

건조한 삶
부대끼며 가는 길
푸석한 먼지 자욱하고

그리 예쁘진 않아도
철 지나 피는
꽃이라도 되어 봤으면

그도 아파 주기를.

나는

화려한 포장지에 싸인
초라한 선물
펼쳐 보이지 않아도 아는가 하여
무심히 등 뒤에 두곤
오랜 세월

보암직함마저 퇴색된
어느 가을쯤
잊혀 가는 너를 열어보니
좋을 만큼 익어 있다

네게
건네도 좋을 만큼.

혜롬 母

너는 기쁨
마음 졸여 오늘
인내 얹어 고행

다이아몬드 세공하는
너의 뒷모습 보며

타인 위해 요리를 디자인한다
데고 베어 상처 아려도 보람

꽃보다 나무 심어 열매 보련다
물 주고 거름 흩는 오늘 수고

그늘 드리울 그날
자손 대대 누릴 쉼터 꿈꾼다.

그이는

바람 타지 않는 남자
우렁한 울림통을 갖은 남자
세월 끝을 잡아 묶어둔 남자
열정이 과해 결점이 되는 남자
꽃을 볼 줄 모르는 남자
습관을 못 벗는 남자
군중 속에서 행복한 남자
예, 아니오가 분명한 남자
집안보다 밖을 좋아하는 남자
그 남자와 함께 사는 그 여자.

일터

엉킨 감정
들키지 않도록
더 넓은
방 한 칸
마련해야겠다.

허락된 만큼만

반질한 소맷자락
코를 훔치며
책상 한가운데
곱돌 뭉그려
영역 표시하던 아이

허락된 만큼 안에서
자유를 누리게 해 주던 아이

세상 가득
곱돌이 닳도록
영역을 넓혀도
진정한 내 것이 될 수 없다는 것을

호기롭게 줄 긋고 돌아서던
그 아이는 알고 있었을까.

너의 숲

푸르른 속살 숨긴
빠알간 너의 숲

숲을 지나
차디찬 마음 녹아지는 날

내 사랑 네 곁에 눕고
너와 내가 피워낼
환희의 봄

넘어야 할
쓰디쓴 인고(忍苦)의 벽.

정선 가는 길

햇살은 아직
온도를 높이지 못한 채
보시락 거리는 오정
계절 앞선 옷을 꺼내 입는다

가을도 겨울도 아닌
차창 밖은 무심하다
빠르게 변하는 배경
감정도 시시각각
속도를 따라잡는다

준비되지 못한 계절
다음 막을 열어야 하는 난감함
싸늘함만 저만치 앞서 간다

물들지 않고
따로 지고 싶을 때도 있겠지

정선으로 가는 길은 그랬다.

오류

나는 너를 참을 수 없고
너는 나를 참을 수 없어
스파크는 튀었고

평정 찾으려 침묵
곰팡이 낀 비좁은 생각들
드넓은 들판 너머로 넘기면

너무 늦어지지 않을 즈음
둘 사이 예의가 자리한다
시간의 흐름 따라
녹아내리는 예의

봄꽃 향기 되는 그날까지
좀 더 천천히 녹아내리기를.

전망대

장미 꽃잎 닮은
구불한 산봉우리

온갖 숨은 향내
산허리 머물 적에
바람의 온도 휘휘 저어
계절을 만든다

높은 곳보다 더 높은
곳에서만 볼 수 있는 그곳
사계절 만개한 꽃이 춤춘다

이 가을 산야는
일렁이는 핏빛 바다
붉디붉은 호랑이.

자작나무

침실 두른 자작나무 벽
꿈꾸고 싶은 그녀는 잠들기 위해
자작나무 숲에 몸을 뉘인다
잎사귀 부비는 소리
자장가 되어 물살 가르고
조각배 바다로 향하지만
매일 밤 강물 어귀에 머물러
서성이다 밤이 기운다

바다 끝 노을에 잠들고
바다 너머 해오름에 눈뜨고 싶다

자작나무 품에서
게으른 아침을 맞는
자작나무 숲이고 싶다.

능소화

닿을 수 없는
그리움의 높이
우두커니 바라보다
더욱 선명해지는
그리움
한 방울씩 토해낸다.

일곱 살 어린 내게 능소화는 엄마에 대한 그리움의 높이였다. 정미소에 석유통이 엎어지면서 불이 붙었다. 출동 요청도 받지 않은 소방서에서는 십 리도 넘는 곳에서 타오르는 엄청난 불길을 보고 출동했다. 묶여 있던 말이 고삐를 풀고 도망쳤다. 가을걷이한 남의 집 볏가마를 정미소 안에 가득 채워 놨었는데 몽땅 타버렸다. 일을 돌봐 주시던 아저씨의 실수로 우리 가족은 잿더미 위에 앉아 망연자실해야만 했다. 외할머니랑 옷가지 몇 벌 넣은 보따리를 안고 삼십 리 길을 걸어서 외가로 갔다. 하루해가 고개를 넘을 즈음엔 집으로 돌아가고 싶은 마음에 눈물을 삼키곤 했다. 가슴에 가득 고인 그리움은 이불을 뒤집어쓴 채 소리 없이 흘려보내야만 했다. 엄마가 계실 것 같은 방향을 멍하니 바라보다가

미루나무를 감고 오른 능소화를 만났다. 처음 보는 어여쁜 꽃은 엄마 얼굴이었다. 엄마 품에 안긴 후론 그 꽃을 볼 수 없었지만 한 송이 한 송이 떨어지던 꽃잎은 일곱 살 어린 가슴에 아픔으로 담겨 있었나 보다. 꼬마는 능소화 닮은 엄마가 되었어도 알 수 없는 그리움이 그림자로 따라다녔다. 그즈음에 기억 속에만 남아있던 능소화를 다시 보게 되었다. 설렘과 상처가 고개를 들었다. 품고 있던 잎들이 뿌리를 내려 가슴 가득 꽃이 되었나 보다.

요즘은 여름이면 흐드러지게 피어 있는 능소화를 어디서나 만날 수 있다. 우리 집 마당에도 심어 볼까 하고 여러 번 망설였지만, 멀리서 살짝씩 무심한 듯 바라보는 것이 그리움이 불치(不治)가 된 일곱 살 소녀를 위한 배려 같아서, 오가며 바라보는 것만으로 만족한다.

가정

아버지 사랑
집채만큼 크고 넓어
잘 보이지 않는다

어머니 웃음소리가
공기처럼 온 집안을 가득 채운다
더 바랄 것 없는 행복이 춤춘다.

막걸리

막걸리 한 병 던져두고 땅을 판다
밤나무는 자신을 지키려
가시를 세우고
장미는 도도함을
향기로 내뿜는데
님은 막걸리 심어
무엇을 거두려는지
아버지가 힘겨워 두고 간 땅에
어머니가 들려주던 자장가도 없는데
술 취해 지친 몸
어디에 뉘어 달래려 하는지
사랑도 내 것이 아니었고
삶도 도둑맞은 사람
양손 가득 쥐었다 생각하는 당신 손
내가 보기엔 빈손이오.

오라버니

출세 위함도 아니오
고향 등진 사연
도피도 아니라
그곳에서도 그곳이 그리워
눈물로 지새우는 날들
눈부신 햇살 아래 그림자 기울면
어린 시절 꼬물 했던
동생들 생각 가물대고
지켜내지 못한 내 고향
그리워 별을 헤다
눈 속으로 떨어지는 별
아픔 묻어둔 바다 건너
고향으로 간다.

내 동생

먼 길 터벅거리며
홀로 지고 가는 짐
뽀얀 먼지 속
가물대는 네 모습

이쁠 청춘이 가엽다

너의 아픔 대신 삼켜줄
부모 될 수 없음이 아프구나

너무 가까워 먼 사이가 되었나
나를 모른다 해도 할 말이 없구나.

그날들

가을
채울 수 없는 빈 가슴 내밀면
그이는 나를 위해
코스모스를 찾아 떠나곤 했지
나를 위해 오직 나를 위해

가을
텃밭 가득 코스모스
흐드러지게 심어 놓고
허수아비로 나도 심어 놓고
혼자 바지 주머니에 손 꽂고
휘파람 불며 소풍 나가지

그날들 그리움 되어
홀로 피워 보려 애써 보지만
늘 향기 없는 꽃만 피우지

길가에 초라하게
들꽃처럼 피어 흔들리다
차디찬 바닥에 누워 잠들
겨울 두려움에 울곤 하지.

불면증

자장가 흥얼대며
하루를 재운다
좀처럼 잠들 것 같지 않아
반만 일어나 심장을 쏟았다
건조한 한 줌 심장
손바닥 위에 눕는다

말라 가는 심장에
수혈이 필요하다
이 밤 모서리에
피를 내어줄 아무도 없어
잠은 또 죽는다.

숨어들다

슬픔의 숲에 숨어
꾸역꾸역 인생을 게워낸다
사연도 없이

삶이 싱거워
짜디짠 눈물을 풀어낸다
담아낼 곳도 없이

누구나 지나는 숲
두려울 것도 없건만
숨어들어 근심 마시고
되돌아 나와 헤벌쭉 거짓 웃음 짓는다.

달개비꽃

빛바램 없는 사랑
고급지지 않아
가까이 보아야 더 아름다운

지나는 길목에 고개 길게 내밀어
말 걸어대는 너는
세대를 넘나드는
고귀한 사랑의 징검다리
보고 있어도 보고 싶은
배고픈 사랑

가슴과 생각 사이
골 깊은 곳에 자리 잡고
아끼는 마음으로 통치하는
달개비 나라.

"당뇨에 좋다는구나!"
"달개비가 어떻게 생겼나요?"
"파란 하늘색으로 피는데 꽃잎이 두 장이야 줄기가 옆으로 길게 뻗어 나가지!"

아기를 업고 달개비를 찾으러 숲으로 갔다. 한눈에 찾을 수 있을 만큼 흔하고도 특이한 꽃잎을 잘 말려 두었다가 시댁에 가는 날 귀한 약재 되어 소중히 시댁 큰어머님께 전해 드렸다. 한 번 드셨다고 효과가 나타날 리 없건만 두고두고 말씀하시며 조카며느리를 아끼시던 큰어머님. 시집오기 육 년 전쯤 시어머님은 돌아가셨고, 큰어머님이 큰집, 작은집을 똑같이 섬기고 계셨다. 신앙심이 깊으신 큰어머님은 모두를 품을 만큼 넓은 품을 가지신 양쪽 집안의 자애로운 어머니셨다. 그 영향으로 지금까지도 양쪽 집 사촌들이 친 형제애를 나누며 살아가고 있다.

결혼 초 신혼 살림집에 오셨을 때 마른 새우를 볶아 반찬을 해드렸는데 얼마나 잘 드시던지 요리 실력이 어설펐던 새댁 마음이 밝게 피어나던 생각이 난다.

"너는 내가 새우볶음 좋아하는 걸 어찌 알았니? 솜씨가 아주 좋구나!"

칭찬에 고래가 춤을 추었다.

직장 따라 대전에서 대구로 이사했을 때도 큰어머님이 오셨다. 여행길이 고단하셨는지 푹 주무신 듯했다.

"아가 너희 집에 오니 잠이 참 잘 오는구나! 오랜만에 푹 잤어!"

퍽퍽했던 마음에 큰어머님의 말씀은 단비였다. 그렇다 보니 명절이나 크고 작은 일에도 시댁에 가는 일은 즐거움이었다.
그렇게 사랑 많으셨던 큰어머님께서는 지병이 있긴 하셨으나 구십 수를 하고 큰 고생 없이 천국에 가셨다. 돌아가신 지 십 년이 흘렀어도 해마다 달개비 사랑으로 오셔서
"애야 잘 살고 있지 힘들 땐 기도해라!"

달개비를 보며 한참 동안 큰어머님과 대화를 나누고 그늘 없는 미소로 일어서곤 한다.

욕심

깊은 흡기에
낯섦 마시고
체온을 나눔 한다

팔다리 떼어낸
검은 물방개
양심의 귀퉁이
어지럽게 빙글거리다

결단과 행동 사이
쓰고 떫은 잔을 마신다

견고한 성을 지킴보다
마음 지킴의 고단함
욕심과 양심의 거리만큼
샛바람에 마음 시리다.

가을

가없는 가을 들녘에
주단(朱丹)을 깔고
노을빛 하늘을 포갠다
내게 있어
더 이상의 가을은 없다.

무상

미라가 되어간다
살점은 녹아내려
일층으로 떨어져 바닥에 스미고
눈은 깊이 패어 우물이 된다
온몸의 생기가
나의 영혼이
자꾸만 몸 밖으로
빠져나간다
참새 한 마리 지절지절
하늘 창을 지나며
나를 깨운다

아침이라고.

늑대

물고 뜯던 늑대 무리에서 나왔다
양의 무리에 속했지만
늑대의 습성이 몸속 깊이 요동친다
처음부터 양이 아니었나 보다
버겁던 늑대 생활로 돌아가고파
늑대 소리로 운다
양의 소리가 잽싸게 늑대를 삼켜 버린다

넌 늑대보다 더 무서운 양이었어.

하루 그리고 하루

하루가 햇살에 녹아
세상 밖으로 사라져 가고

붉게 타 들어가는 산하
재 대신 계절을 남긴다

보이는 것들 스러져
차디찬 허무 엄습할 즈음
아린 가슴 덮을 눈 내리고
햇살이 머무는 그곳엔
잔물결 반짝일 때 일렁이는
윤슬이겠지

수많은 이야기 남긴 채
쌓여가는 무게만큼
놓아버린 날들

흔들의자에 안겨
어제와 오늘을 만난다.

잠들다

하루가 덕지덕지 붙어
무거움에 굽은 등이
신음한다

구들장 깊숙이 내려놓은
웅크렸던 어깨 위로
날개를 편다

육체를 넘나드는 세계로의
티켓팅은 시작되었다

영원한 그 나라에 이를 때까지
다시 태어나기 위해
반복되는
오늘의 죽음을 죽는다.

거미줄

투명한 끈적임
너를 향한 속임수

하늘이 울던 날
바람도 휘어져 갈 바 모르던 날
영롱한 반짝임에
마음 빼앗겼지

헤어날 수 없는 늪
발버둥 칠수록 조여드는 올가미
섞일 수 없는 너와 나

밤새워 흘린 이슬 머금고야
비로소 빛나는 보석

잠시 머물다 스러지는
서글픈 사랑.

진회색 점

일상이 멈추었다
이불속으로 숨어들었다
마음까지 내려놓아도 좋을
그 품에 안겼다

갈 길을 잃었다
딱히 갈 곳 없음이 다행이다

몸속에 생긴 병은
보이지 않아
크게 염려해도
민망하지 않은데

보이는 작은 점 하나에
염려가 산이고
집채만 하면 부끄러워
너털웃음 뒤에서 혼자 앓는다.

자존심만큼 높은 콧등에 점이 생겼다. 큰 병원에 가서 조직 검사를 해 보라는 의사 말에 덩그러니 침대에 누워 잡다한 생각을 정리해 본다. 여기까지 용케도 길을 잃지 않고 왔구나.
그동안 난 나를 그다지 사랑하지 않았나 보다. 지루한 여름 장마를 만난 것 같은 지금의 나!
질퍽거리는 길을 걷고 싶지 않아 발을 감춘 채 무거운 마음을 허공에 띄우고 비틀거리며 겨우겨우 공기 위를 걷는다. 넘어져도 상처에 피가 흐르지 않아 더 아프다. 나를 사랑하는 이들의 염려가 가까이 얼굴을 부빈다. 나보다 나를 더 사랑하는 그분의 사랑도 만져진다. 나만 나를 사랑하면 사랑일 텐데 스스로 서는 것도 걷는 것도 어설프다. 이젠 홀로서기를 해야 하는데 중간쯤에서 모든 게 멈춘 듯하다. 그냥 이쯤에서 너무 복잡한 세상에서의 기대를 내려놓을까?

아프다! 조직검사를 위해 60㎏의 몸에서 작은 살 한 점 떼어내는 일이 마음과 몸에 상처를 남긴다. 아직은 이 거대한 몸의 살점들이 흩을 준비가 덜 된듯하다. 고장 난 곳을 고쳐가며 더 삭아질 때를 기다려야 할 것 같다.

빨랫줄에 걸린 이불

청명한 하늘빛
꽃 향 머금은 바람
살포시 내려와 속삭이듯
귓가를 간지럽히는 날에

밤새 내려놓은 사연
가득 품은 이부자리
허공에 드러누워
수다 떠느라 하루가 짧다

온화한 햇살
부드러운 바람 안고
쉬어간 자리
뽀송한 향취 남아 코끝에 걸린다

상큼한 어머니 표 풀향이다.

낯선 만남

비워내는 잔만큼
낯섦이 웃음을 만들고
서로의 눈길
정을 묻어 두는 밤

장작을 불 멍하듯
촛불을 바라보던 짧은 기도

계절을 더한 감나무
총총히 별빛 되어 가던 밤
누군가는 백년가약을 하고

함께 걷는 명동 거리
시대를 거슬러 올라간 서먹함
또 다른 하루를 약속하는
우리는 낯선 연인들

아쉬운 이별은 반짝이는
밤 그림자를 남긴 채
추억되어 서로를 품는다.

벨리 댄스

흠뻑 젖은 몸
찰랑대는 소리에
마음 싣고 청춘 불태워
너의 귓전에 튕겨 보낸다

곤두박질치는 고독
화려함 속에 감춘 채
미소로 너를 응시하며
지나간 것에 미련 두지 않기를

라일락 피고 지는 동안
향기 품으려던 그대
그 잎새의 맛을 아는가
진정한 사랑의 맛을

사랑 실어
그대 곁에 띄우고
댄스댄스댄스
라일락 잎새 사이로
막이 내린다.

다시 돌아갈 용기마저 상실해가는 세월의 흐름 속에서도 잊을 수 없는 그날의 댄스!

세 아이를 키우며 담장 밖을 내다볼 기회가 없었다. 이제는 엄마의 큰 도움 없이도 가야 할 길을 잘 가고 있는 아이들에게 엄마의 남는 시간이 부담이었나 보다. 아이들도 남편도 집에 우두커니 혼자 남아 있는 나를 재촉한다. 자신을 위한 취미 생활을 하라고.
하지만 나를 위해 시간을 빼서 쓸 만한 여유 없이 앞만 보고 사느라 내게 남은 것은 텅 빈 허우대뿐. 갑자기 얻어진 시간을 어떻게 적절하게 분배해 나가며 써야 할지 막막했다. 그럴 때면 멋쩍게 하는 변명이 있다.
"몇십 년을 우리 안에 갇혀 살던 코끼리가 갑자기 울타리를 터준다고 한들, 스스로 가야 할 곳을 알아서 찾아갈 수 있겠나?"
원망 아닌 원망으로 가족들로 하여금 나를 바라봐 주길 원하며 힘겹게 살고 있던 즈음에 우연히 보게 된 벨리댄스는 충격과 설렘이 동시에 몸 안에 전율로 다가왔다.
소심한 성격과 다르게 평소 화려한 옷을 잘 입는 편이긴 하지만 배꼽이 보이는 치마에 가슴만 가리는 웃옷을 입기에는 또 다른 용기가 필요했다. 두어 달 평상복을 입고 연습을 하다가 문득 거울에 비친 내 모습이 우스꽝스럽게 느껴졌다. 모두가 춤복을 입었는데 혼자만 튀는 촌스러움! 댄스복을 입고 춤을 추는 자신의 모습에 반해 자꾸 신상을 찾아 동대문 시장을 드나들었다.

"오십 대 몸매가 이렇게 예쁘면 반칙인데?"

때론 시샘 섞인 농담이 기분을 업시키기에 충분했다.

나는 놀기 시작했다. 춤추러 가서 놀고 아닌 날은 날 잡아 놀고 요렇게 재미있는 세상이 있었구나! 그렇게 댄스 댄스 하다가 이사를 했다. 먼 거리에서도 열정을 다해 다니는 내 모습은 자신이 보기에도 낯선 모습이었다. 그렇게 오십 대에 다시 청춘으로 돌아가 신나게 살았다.

지금은 남편이 다니던 직장을 퇴직하고 시골로 내려와 계절마다 피는 꽃들이랑 푸른 잔디 위에서 여유를 즐기며 살고 있다. 하지만 아쉬움 가득한 날들이 놓아 주지 않아 장롱 속에 댄스복이 대기하고 있다. '언젠간 기회가 다시 오겠지?' 사이즈가 자꾸만 줄어드는 옷들을 꺼내 들고 오늘도 희망을 깨우며 춤춘다.

비 오던 날

뿌연 안갯속 우경(雨景)
나름의 형체를 부여하며
만나야만 했기에 멈출 수 없던 질주

아련함
선명해질 순간
가슴 가득 차오르는 숨

시간은 해를 감추고
하루의 정점을 찍을 수 없는
밤도 낮도 아닌 날
우리는 그렇게 만났다

익숙한 사람들처럼
서로를 묻지 않아도
행복했다
맞잡은 손은 울고 있었다.

당신

손가락 끝에 마음 달린 당신
아내가 잠들 이불
온기 잡아 두려
네 귀퉁이 반듯하게 펼치면서
쓰담는 손끝으로
무슨 생각을 새겨 놓았을까
여자였던 아내
아이들 엄마였던 아내
이젠 병들어 여기저기
손봐야 할 곳이 많은 아내
아무것도 해본 적 없어
모든 게 서툰 당신
울컥 손가락 끝이 울었을 당신.

친구들

뼈 발라낸 말
염기 없는 말
공기 등에 업혀 날아갈 말
객쩍어 톤 높여 너스레 떠는 말
허공에 둥둥 떠돌다 사라지는 말
두서없는 말잔치 윙윙 거리다
미련 두지 않고

또 만나자
쿨하게 헤어지는
우리는 친구.

그 사람. 명은

삶이 온통
통증인 사람
그는
홀로인 사람의 연인
삶을 쓰담을 줄 아는 사람
마음 맞잡고 함께 울어 줄 사람
봄이 오면 꽃이 될 사람.

눈

그토록 붉던 잎들은
다 어디로 갔나
훌훌 떠나보낸 슬픔
상복 입었나
눈물 스며 땅 적시면
마른 씨앗 재잘대며
희망 안고 돌아 오려나
그대들 떠난 세상
빈 가지 사이로
문풍지 소리만 청승스럽다.

퀼트(quilt)

서로 다른 조각조각에
한 땀 한 땀 인생을 바느질한다
근심 가두고 건강 넣어
소망을 꿰맨다

눈물 떨어진 곳 들킬까
시접 접어 마무리한다
너를 위해 기도하며 만든 것은
네 이름 되고
너 좋아할 화려함 중심에 둔다

조각 안에 보호받는
너희들은 나의 꿈
너희들은 나의 아픔
나의 애틋함

너희와 나눌 행복 위해
손 가는 곳마다
마음 넣고 사랑 담아
서로 다른 조각조각이
작품으로 거듭난다.

달 따라 가보련다

가다 보면 나의 청춘
꽃 피던 날 다시 볼 수 있으려나
성급한 너와 동행함이 버겁다
마냥 달려도 푸르던
관절이 아니라는 걸
아직 모르나 보다

숨바꼭질 신바람 난 너는
늙지도 않는구나
산등 선 너머 엄니랑
예배당 가던 그 새벽에도
오늘처럼 바빴지.

너

아주 조용히
아주 침착하게
너와 겨루기 하는 너

벌렁대는 심장 달래면
또 다른 심장 요동친다
나대는 심장
천장에 걸어두었다

가슴 깊은 곳에 웅크리고 있는
너를 잡아 끌어내고 싶다
아주 조용하고 아주 침착하고
유쾌하기까지 한
너를 울게 하고 싶다.

오늘 달

어제와 사뭇 다른
오늘 달
초연함으로 다가와
갈 곳 잃은 초점에 눈 맞추며
찬찬히 내 안에 자리한다
너를 담기 위해
창을 열었다
살포시 어루만져 주는 부드러움
함께 하고픈 우리
그 간절함마저도
받아들일 수 없는 너와 나의 온도 차.

동행

나도 알 수 없는
나의 마음과
같이 흐르는
너의 마음

주산 학원

국민학교 3학년 가을쯤 엄마를 졸라 학교 가까이에 있는 주산 학원에 다니게 되었다. 학원 수업이 끝나고 집으로 돌아갈 즈음이면 일찍 찾아드는 어두움 때문에 혼자 돌아가기엔 너무 무섭고 먼 거리였다. 다행히 무뚝뚝한 둘째 오빠를 만나게 되면 그보다 더 큰 기쁨은 없었다. 아무 말 없이 오빠의 빠르고 긴 보폭에 맞춰 뛰다시피 따라갔다. 평소 말수 적은 오빠가 왜 그리 어려웠던지 한 번도 뒤돌아보지 않고 가는 오빠가 고마웠다.

오빠를 만나지 못할 때는 학교 근처에 사는 한 살 위 사촌 언니에게 부탁을 해야 했다. 다행히 거절하는 법이 없는 친구 같은 언니랑 같이 가니 든든했다.
'열녀문'이라는 곳은 낮에도 지나가기 무서운 곳이다. 아름드리 휘어진 소나무는 꼭 구렁이가 감고 있는 것 같아 보였고, 이끼를 입고 서 있는 기둥 사이에선 귀신이 나올 것만 같았다. 우리는 서로 약속한 적 없어도 그곳에 이르면 손을 꽉 잡고 뛰기 시작했다.

그렇게 조마조마 하게 하루하루를 지내던 어느 날! 불량스럽기로 유명한 오빠들 너덧 명이 뒤따라오고 있었다. 우리와의 거리는 짧지 않았지만 우리가 뛰면 자기

들도 뛰고 천천히 걸으면 천천히 따라오는 오빠들을 피할 방법이 없었다. 심장 뛰는 소리가 몸 밖에까지 들리는 듯했다.

우리는 좁은 논두길로 발을 헛디디며 뛰어갔다. 그때는 날이 선 벼 잎에 베어 피가 흘러도 쓰린 줄 몰랐다. 이삭이 여물어 갈 무렵이라, 앉으면 보이지 않을 만큼 자라 있었다. 논 중간쯤에 들어가서 숨소리를 죽이고 반쯤 엎드려 앉았다. 그런데 그 오빠들도 우리를 따라 논두길로 들어섰다. 점점 가까이 다가오고 있을 땐 숨이 멎는 것 같았다. 아니, 심장이 밖으로 자꾸 튀어 나올 것만 같아 가슴을 손으로 누르고 있어야만 했다.
그때 멀리서 들려오는 자전거 소리! 나는 벌떡 일어서며 "아버지다!"하고 큰소리로 고함을 질렀다. 달빛이 흐려서 잘 보이지 않으니 누군지는 모르지만 감사하게도 사람 소리에 반가우셨는지 그분도 따르릉따르릉 종소리로 반응해 주셨다.
오빠들은 꽁지가 빠지게 도망을 쳤고 모르는 아저씨는 자전거를 탄 채 우리를 지나쳐 가버리셨다. 후들거리는 다리를 끌고 집으로 가는 길은 너무 멀었다.
다음날 엄마한테 너무 멀고 힘들어서 더 이상 학원에 못

다니겠다고 말씀드렸다. 엄마는 혀를 차며 말씀하셨다.
"쯧쯧... 그런 결심으로 무슨 공부를 할까?"
그 후로도 한참 동안 가슴 안에 단단한 응어리가 생겨서 시도 때도 없이 벌렁대곤 했다.

까만 아픔

아침 햇살
얇은 커튼에 스며들어
배시시 웃는다
찌뿌둥한 몸
괜스레 투정 어린 몸짓으로
돌아누웠다
적막함이 한 켠의 가슴을 채운다
눈을 감았다
레일 타고 돌던 까만 아픔
감당되지 않던 하얀 밤

상냥한 밝음이
방안을 온통 부드러움으로 어루만진다
올 것 같지 않던 하루
다시 시작하려 몸을 건진다.

상처

좀처럼 아물 것 같지 않던
응어리도
흐르는 시간을
뭉개 발라 놓으면
멍울을 녹여 아픔을 보듬는
고약이 되지

세월
물살 타고 굽이치다
옹이 품은 고목 만나는 그날
아름다운 문양
비로소 기둥 되고
작품 되어
영광으로 남으리.

아버지

"너는 신작로로 가고 아버지는 둑길로 가고 서로 이기는 사람한테 카스테라 빵 사주기로 하자!"
한쪽 팔에 안고 있던 책 보를 허리에 질끈 묶었다. 3학년 꼬맹이는 아버지가 져 주실 거라는 걸 알기에 뛰기 시작했다.
꼬불한 길을 키다리 아버지는 무슨 생각을 하며 걸으셨을까. 들판 가득 푸르름을 보셨을까. 아니면 흐르는 물이나 꽃을 보셨을까.

아버지는 육 남매 모두에게 엄격하셨다. 다섯째인 나는 딸 중 막내였고, 여섯째 동생은 막내라고 둘한테만 예외셨다. 오빠들이랑 언니는 일찍 철이 들어 늘 반듯한 어른 같은 아이들이었다. 뛰다가 아버지 쪽을 힐끔 볼라치면 뛰는 척하시며 살짝 등을 보이셨다가 딸이 힘들겠다 싶을 때는 힘에 부쳐 못 뛰는 것처럼 속도를 줄여 걷고 계셨다. 달리기에 집중하시느라고 옆을 볼 수 없으셨을지도 모르겠다.

아버지 안에 풍부했던 유머 감성은 가정이라는 울타리 밖에서 더 많은 빛을 발하셨다.
자장면이 귀하던 시절, 중국 사람이 운영하는 중국집에

서 꾸미를 사고 면은 어머니가 밀가루를 반죽해서 칼국수를 만드신 다음, 완성된 자장면으로 온 동네 잔치를 하셨다.
전기가 들어오지 않던 시골에 티브이나 냉장고는 꿈도 꿀 수 없는 때에 아버지는 정미소 발동기로 배터리를 충전해서 텔레비전을 보게 해 주셨다. 우리 집 마당에서 멍석을 깔고 온 동네 사람들과 함께 티브이를 보곤 했다.
낮에는 매 끼 밥상을 여러 번 차려내야 하셨고 밤에는 마을 사람들 대접하느라 어머니는 늘 고단하게 사셨다.

둑길과 신작로가 만나는 지점에서 승패가 갈린다. 1원이면 눈깔사탕 2개를 살 수 있는 때에 30원을 주셨다.
그리곤 물으셨다. 우리 막내딸 갖고 싶은 게 뭐냐고.
"백설 공주 그림이 그려진 빨간색 책가방이 갖고 싶어요!"
"다음 학기에 3등 안에 들면 아버지가 백설 공주 가방을 사 주마" 약속하셨다.
가방을 손에 들던 날 나는 땅을 밟지 않고도 걸을 수 있었다.

특별했던 빨간 가방은 끈이 다 헤져도 버릴 수 없는 귀한 물건이었다. 어머니는 끈을 조심스럽게 떼어낸 자리에 가방 수명보다 더 길 것 같은 노란색 나일론 줄을 끼우고 끝을 불로 지져서 서로 맞붙이셨다.

지금도 잊을 수 없는 빨간 백설 공주 가방.
키다리 아버지와 달리기 해서 이겼던, 추억의 빨간 백설 공주 가방.

삶이란

사각 대는 눈
살포시 대지에 스미는 아름다움
겨드랑이 속 숨어든 이빨
헛디딘 발목 낚아
비명(悲鳴)을 먹는다

가슴 적시는 빗소리
다양한 장르로 마음 사로잡고
성큼성큼 뛰어들어
화려했던 것들 삼켜버린.
재도 남기지 않은 채
유유히 흐르는 강물이 된다

바람
냄새도 형체도 없는
불청객
조금씩 숨통을 누른다
삶을 갉아 먹는다
잠재울 힘마저 바람 속으로 사라진다.

본향

봄을
사랑하던 목련
멍든 가슴 안고 후드득 떨어지듯
햇살을
뜨겁게 사랑한 설화(雪花)
애간장 녹아 스러지고 있다

또다시 봄
그렇게 맞고 보낸
억겁(億劫)의 시간
행복도 흔적을 남기고
애끓던 사랑도 멍이 들어
목련 꽃이고
눈이던 계절

흔적(痕跡)
왔던 곳으로
다시 돌아갈 그날
멍듦 없이 곱게 잠들고 싶다.

사랑

얕은 물가
님의 사랑 확인하려
흙탕물만 깨웁니다

수심을 가늠할 수 없는
깊은 호수
가없는 님의
사랑이었음을

다다르지 못했고
다다를 수도 없는
그 깊음

나의 얕음을 더합니다.

연(鳶)

칼바람 맞은 햇살
칼춤 추던 날
나뭇가지 사이 연이 펄럭 댄다

더 높은 자유 갈망하다
걸려들어 엉키고 말았다

꽃이 지고 영그는 순간도
바래만 가는 나무 틈
찢긴 마음
성큼 강물을 만났다
한없이 흐른다
날 수 없어도 좋아라

삭아지는 세월 속에 갇혀
서럽던 연
물살 따라 날갯짓 한다
얽힘
또 다른 세상을 보게 하는 열쇠 구멍.

그 여자 어머니

평행선 타고 흐르던 아픈 요일
오를 수 없는 산 같던 어머니
내 손주보다 작아진 모습
가슴에 파고 들어와
녹아내리는
차디찬 눈물이 됩니다

미움 지나간 자리
사랑보다 더 아픈 시림이 자리하고
보내 드려야 함에
조급하게 마음 데워 보지만

살며시 잡은 손
그 안에 가득 고인
당신의 애달픈 마음
진작에 손 내밀지 못했음이
후회로 남습니다

평생 알려 해도 알 수 없었던
수많은 이야기가
그 손안에 있었습니다.

노을에 핑크를 담다

햇살 부드러운 바람
걸치고 앉아
마음 던져놓고
오지 않는 널 기다린다
우리 아직 설렘일까

기다림 속에 숨어
외로움으로 떠나버린 사랑
봄이 오면 너도 오겠지
아지랑이 끝 핑크빛으로

우리 다시 사랑하자

노을로 가는 길 돌아
동트는 새벽으로 가자.

봄

기다리지 않으려오
꽃 들고 요란스레 와서는
내 젊은 날 훔치곤
살랑대는 바람 타고 사라지는 봄

차라리
길들여지지 않은
야생마로
광활한 대지 누비며
겨울 사랑 나누겠소.

당신은

오를 수 없는 산
마음만 애끓어
긴 숨 토해내며
바람 잘날 없던 날들
산은 허물어지고
벌판 되어
손잡고 거닐어도 좋을
동산 되었지

늙은 사슴
가을 들판에 서서
봄을 맞지만
겨울도 두렵지 않아
혼자가 아닌
지금은.

너 떠난 자리

아직 오지 않은 날들 뒤적이며
너 떠나고 없는 자리에서
눈물 훔친다
너랑 나랑 봄을 살다
넌 여름으로
이곳은 골 깊은 겨울로
심장의 피마저 정지되어 버리겠지
너의 미소가 절정을 이룰 때
울림 되어 온 집안을 채우던 웃음소리
그 공간엔 잡히지 않는
너의 희미함만 떠다니고
너를 느끼려는 애씀이
외로움으로 울림 되어
가슴에 사무칠 거야

그랬던 것처럼.

우리

둥지 찾지 못한
새의 구시렁거림
잠든 하늘
칠흑으로 물들어
낮으로 가는 길은 멀기만 하니
너와 나 긴 겨울밤
가까이 앉아
가슴 밭에 구메구메
마음 고름• 풀어 보자
우리 사이 봄이 녹아들지도 몰라
초롱한 눈동자에 별을 담고
희나리• 꽃숭어리• 위에
둥지 내려놓자꾸나.

•마음 고름: 마음속을 드러내지 않으려고 단단히 매어 둔 다짐.
•희나리: 채 마르지 않은 장작.
•꽃숭어리: 많은 꽃송이가 달려있는 덩어리.

슬픈 꽃

당신이 툭 던진 한마디가
인생이 되었고 삶이 되었지
속통 넓은 웃음
흩어져 사라진 뒤
인생은 삶이라는 부뚜막 위에서
홀로 등짐 지고
달팽이 느린 걸음으로
여기에 와 있지

온 세상 자유로운
당신을 바라는
슬픈 꽃이 되어.

향기를 품다

길이 아닌 곳을 걷는 고달픔
나이 듦의 무게
휘어진 허리
발목의 무게로 제자리걸음만 부산하다
마음만 높아져 바벨탑을 쌓았나
목통증이 탑을 흔든다
무너져 가는 집
삭아지기 전
마음 가득 꽃을 품어
향기로 거듭나야겠다.

행복이란

심장 너머 숨어살던
수줍던 아이
말라 가는 세월 틈으로
고개 내미는 너는
눈물을 먹고 자라
드넓은 바다가 되었다

퍼주어도
줄어들지 않는 깊음 안에
수많은 생명은 잉태되고
꿈을 꾸듯 자라
물결 따라 일렁이는
행복이 되었다.

봄의 길목

봄이 오려나
한 움큼씩 내려앉은 이슬 속
햇것들 터지려 한껏 가슴 내민다
떨림은 가슴만의 것은 아니다
손 내밀어 쓰담는 곳의 설렘
봄이 오고 있다
의지할 곳 없던 내 청춘
길들여지지 않는 내 늙음
목청 높여 불러 본다
나의 봄.

너를 그리다

그리움은
떠나보낸 이의 몫
텅 빈 공간 채울
아무 것도 없어
너를 향해
흔들거리는
허공의 유희
눈 뜨면 사라질 허상

유리창에
부딪히는
슬픈 멜로디
겨울을 보내느라
밤새 울어대는

나를 닮은 봄비.

그 맛 쓰다 해도 그리움을 베어 물었다

1판 1쇄 인쇄 2022년 8월 24일
1판 1쇄 발행 2022년 9월 1일

지은이 지경숙

펴낸이 정용철 **편집인** 이경희, 김보현 **디자인** ⓒ단팥빵
제작 제이킴 **마케팅** 김창현 **홍보** 김한나 **일러스트** 선우주원
인쇄 (주)금강인쇄

펴낸곳 도서출판 북산
등록 2010년 2월 24일 제2013-000122호
주소 서울시 강남구 역삼로 67길 20, 201호
전화 02-2267-7695 **팩스** 02-558-7695
홈페이지 www.glmachum.co.kr **블로그** blog.naver.com/e_booksan
페이스북 facebook.com/booksan25 **인스타그램** instagram.com/glmachum
이메일 glmachum@hanmail.net

ISBN 979-11-85769-55-4 03810